LE SYMBOLISME
OU L'ART DE LA SUGGESTION

— Vers une révolution du langage poétique

par Delphine Leloup

50MINUTES

Avec la collaboration de Chiara Carlino

LE SYMBOLISME

- **Quand et où ?** Le symbolisme se développe dans le dernier tiers du XIXe siècle, d'abord en France et en Belgique puis, dans un second temps, à l'échelle de l'Europe entière, et touche tous les arts. En France, il triomphe entre 1880 et 1890.
- **Contexte ?** L'industrialisation, la montée du capitalisme, le règne du positivisme, la prédominance en littérature du naturalisme et du formalisme parnassien.
- **Caractéristiques ?** Le symbolisme se caractérise par la poursuite de l'idéal, la fuite vers des horizons au-delà du réel, l'importance prépondérante du symbole et de l'invisible, et une véritable révolution du langage poétique.
- **Principaux représentants ?** Les Français Charles Baudelaire (1821-1867), Stéphane Mallarmé (1842-1898), Paul Verlaine (1844-1896) et Arthur Rimbaud (1854-1891), bien qu'ils précèdent ou soient restés en marge du mouvement, et les Belges Georges Rodenbach (1855-1898), Émile Verhaeren (1855-1916), Charles Van Lerberghe (1861-1907) et Maurice Maeterlinck (1862-1949).

L'appellation « symbolisme » apparaît pour la première fois sous la plume du poète Jean Moréas (1856-1910), dans le *Manifeste du symbolisme*, publié en 1886 dans les pages du *Figaro*, qui établit les grands principes du mouvement. Contrairement à d'autres groupes littéraires, le symbolisme n'a pas de chef de file bien défini et les « vrais » symbolistes, qui se sont revendiqués de l'étiquette, ne sont plus beaucoup lus aujourd'hui. Il s'agit notamment de Jean Moréas, d'Édouard Dujardin (1861-1949), de René Ghil (1862-1925), d'Adolphe Retté (1863-1930), d'Henri de Régnier (1864-1936)... En réalité, ceux que l'on considère aujourd'hui comme les représentants majeurs du symbolisme en France sont soit des précurseurs, tels que

Baudelaire et Rimbaud, soit des écrivains restés en marge du mouvement, comme Mallarmé et Verlaine. Ce dernier s'est d'ailleurs montré particulièrement dédaigneux à l'égard des symbolistes, qu'il appelait les « cymbalistes » et dont il moquait les discours théoriques qui n'étaient selon lui que publicité !

S'opposant à la conception positiviste du monde et influencé par l'idéalisme allemand et la philosophie d'Arthur Schopenhauer (1788-1860) en particulier, les symbolistes cessent de considérer la réalité comme un complexe de phénomènes interprétables rationnellement : selon eux, l'essence du réel se situe au-delà du visible. Aussi prônent-ils un art qui se suffit à lui-même, loin de toute considération utilitaire. Leurs œuvres, essentiellement poétiques, ne sont ni larmoyantes, ni réalistes, ni engagées. Le rôle du poète s'en trouve modifié : d'une part, il revient à sa condition primaire d'artiste dont la fonction est de créer de la beauté et du rêve ; d'autre part, il devient l'interprète privilégié des mystères du réel. Le règne du symbolisme prendra fin au début du XXe siècle, en raison de l'absence d'une véritable école et de l'abandon du mouvement par les symbolistes de la seconde génération.

CONTEXTE

L'ÈRE DU POSITIVISME ET DU CAPITALISME

Le symbolisme éclôt à une époque où la littérature est quelque peu délaissée, alors qu'elle était jusque-là omniprésente. On assiste en effet, dans la seconde moitié du XIXe siècle, à un intense regain d'intérêt pour la science et les courants de pensée qui favorisent son développement : le positivisme, mis en place par Auguste Comte (1798-1857), et le scientisme, défendu par Ernest Renan (1823-1892). Tous deux considèrent que seule l'expérience permet d'aboutir à une connaissance certaine du monde. La foi en la science remplace la religion, et le monde est dépourvu de ses mystères puisque désormais, tout s'explique. L'homme lui-même, selon Charles Darwin (1809-1882), n'est pas le produit du hasard, mais fait partie d'une évolution où tout semble déterminé à l'avance.

Le progrès, voilà le mot d'ordre de cette époque synonyme de prodigieuses avancées dans tous les domaines : le réseau ferroviaire se développe considérablement, les banques connaissent un essor sans précédent, les villes font l'objet d'une expansion croissante, la configuration de la capitale est entièrement modifiée, la photographie et le cinéma bouleversent les modes de représentation, les premières grandes expositions universelles sont organisées, on crée le travail à la chaîne, d'imposantes manufactures sortent de terre, les grands magasins voient le jour, on assiste aux premières spéculations immobilières... Bref, la fin du siècle voit la France entrer de plain-pied dans la modernité, l'industrialisation et l'ère du capitalisme.

Mais tout le monde n'adhère pas à cette nouvelle vision du monde, et les écrivains symbolistes et décadents rejettent en bloc les valeurs vénérées par le XIXe siècle : le culte de la science, le matérialisme, la rentabilité et le profit, l'idéal du progrès et autres principes bourgeois. À contre-courant du conformisme qui sclérose les hommes de leur temps et du rejet de toutes les sources de doute, d'inexactitude et d'anormalité, ils développent un goût prononcé pour l'artificiel, le faux et l'excès. Névrosés, angoissés et seuls dans un monde qui ne les comprend pas et qu'ils ne comprennent pas, ils éprouvent un vague sentiment d'enlisement, de lassitude, de détresse et de médiocrité qui n'est pas sans rappeler le mal du siècle qui étreignait les romantiques. Il s'agit du spleen baudelairien.

ENTRE PARNASSE ET NATURALISME

Toutefois, le symbolisme ne naît pas seulement en opposition au positivisme et au culte du progrès. Il apparaît également comme une réaction vis-à-vis des deux mouvements littéraires dominants de l'époque, considérés comme usés : le Parnasse et le naturalisme.

Le premier, représenté notamment par Théophile Gautier (1811-1872) et Leconte de Lisle (1818-1894), s'est développé sous le Second Empire (1852-1870) et a dominé la littérature jusqu'en 1880. Exclusivement poétique, le Parnasse défend le principe de l'art pour l'art, soutenant « qu'il n'y a de vraiment beau que ce qui ne sert à rien » (GAUTIER (Théophile), *Mademoiselle de Maupin*, Paris, Gallimard, 1973, préface). Les Parnassiens rejettent à la fois l'utilitarisme bourgeois, les effusions romantiques et tout type d'engagement, quel qu'il soit, développant un véritable culte de la forme auquel les symbolistes n'adhèrent pas et qu'ils considèrent comme excessif.

Quant au naturalisme, il trouve son meilleur représentant en la figure d'Émile Zola (1840-1902) et constitue pour sa part un prolongement du réalisme. Né dans les années 1870, c'est principalement dans le genre du roman qu'il s'illustre, notamment dans le chef-d'œuvre zolien *Les Rougon-Macquart. Histoire naturelle et sociale d'une famille sous le Second Empire* (1871-1893). S'inspirant de la méthode expérimentale du médecin Claude Bernard (1813-1878), l'auteur cherche à démontrer, dans ses œuvres, que l'homme obéit à un double déterminisme : l'hérédité biologique et l'influence du milieu. Il met alors en scène des individus particuliers dans des milieux sociaux variés et analyse leurs comportements afin de prouver son postulat de base. Cette démarche, qui se veut scientifique, a pour but de parvenir à une meilleure connaissance de l'homme. Le naturalisme apparaît ainsi comme une sorte d'avatar littéraire du positivisme.

Toutefois, beaucoup de jeunes artistes ne se retrouvent dans aucun de ces mouvements. Divers groupes littéraires se forment (les zutistes, les hirsutes, les décadents, etc.) et l'idée d'une modernité littéraire s'impose peu à peu dans tous les esprits. Baudelaire et Rimbaud, les premiers, valorisent la recherche de la nouveauté et de l'originalité. C'est dans ce contexte que le symbolisme s'inscrit, constituant à la fois l'aboutissement de tous les mouvements du XIXe siècle, ainsi qu'un courant de transition vers de nouveaux horizons.

LA DÉCADENCE

Le décadentisme est, sinon un véritable mouvement littéraire et artistique, du moins un état d'esprit qui se développe en France dans les années 1880, parallèlement au symbolisme. À leurs débuts, les deux mouvements sont d'ailleurs très proches, et de nombreux écrivains passent volontiers de l'un à l'autre. À partir de 1885, cependant, le symbolisme s'éloigne de la décadence en raison de son goût pour la provocation et de son opposition à la normalité.
Le mouvement décadent trouve sa source dans le sentiment de « fin d'époque » et de « déclin » éprouvé par certains artistes à la fin du XIXe siècle. Mais c'est la publication des *Essais de psychologie contemporaine* de Paul Bourguet en 1883 qui permet réellement à la décadence de se définir. Bourguet étudie dans son ouvrage un nouveau type d'homme, le décadent, un aristocrate névrosé et pessimiste qui s'isole du monde et se passionne pour l'art et le beau, rejetant le banal et l'utilitaire. En somme, il s'agit d'un véritable dandy.

Le modèle par excellence du décadent est le personnage de Des Esseintes, dans *À rebours* (1884) de Joris-Karl Huysmans (1848-1907). Quant à l'esthétique décadente, elle est notamment représentée par Mallarmé, qui s'en est toutefois toujours défendu. Elle promeut un langage alambiqué, confus et mystérieux censé traduire la déliquescence.

FUIR DANS LE RÊVE ET L'AILLEURS

Plutôt que de dénoncer le monde dans lequel ils vivent, les symbolistes et les décadents se réfugient dans un univers esthétique en tous points opposé à un réel par trop hideux. Le symbolisme se caractérise donc en premier lieu par une inlassable recherche de beauté, et le thème du beau monstre (monstre dans le sens de « ce qui n'est pas banal ») connaît un grand succès : les œuvres symbolistes sont peuplées de créatures fantastiques et envoûtantes telles que des chimères, des sphinx, des sirènes, des tritons, des anges, etc.

Contre le règne de la science et de la raison, les symbolistes font également le pari du songe et des chimères : en somme, il s'agit de rêver sa vie plutôt que de la vivre. Ainsi, au lieu de dépérir dans un monde qui n'est pas fait pour eux, ils s'échappent dans le rêve ou explorent d'autres horizons. Qu'ils soient imaginaires, temporels, géographiques ou spirituels, peu importe, pourvu qu'ils se situent en dehors de l'ici et du maintenant. « Fuir ! là-bas fuir ! Je sens que des oiseaux sont ivres/ D'être parmi l'écume inconnue et les cieux ! », s'exclame Mallarmé dans « Brise marine » (in *Poésies*, 1899).

L'Orient et les thèmes exotiques sont particulièrement prisés, de même que le mysticisme, qui constitue un élément fondamental dans l'univers symboliste. Les écrivains, animés d'un puissant désir de communier avec l'infini – comme pour mieux se couper du monde réel –, n'ont de cesse de chercher à transmuter le concret pour accéder à une forme de vérité supérieure. Ils se tournent donc volontiers vers les religions orientales ou d'autres croyances, ainsi que vers la mythologie. Celles-ci les aident non seulement à déchiffrer le monde, mais elles leur offrent en outre de nouveaux espaces pour l'imaginaire et apparaissent également comme des voies privilégiées pour atteindre l'infini. En s'identifiant à des héros mythiques, le poète se sent en possession d'une âme universelle et immortelle.

Enfin, notons que des thèmes récurrents traduisent la sensation des symbolistes de ne pas être en accord avec le monde dans lequel ils vivent et leur ardent désir de s'en retirer : la mort, le macabre, le morbide, la mélancolie, le désenchantement, le regret, la serre, l'aquarium, etc. Le symbolisme rompt ainsi définitivement avec l'état d'esprit positif – et positiviste – qui anime la société de l'époque.

MOREAU (Gustave), *Orphée*, 1865, huile sur toile, 99,5 x 155 cm, Paris, musée d'Orsay. Dans cette œuvre qui se veut une méditation sur la mort, Moreau se réapproprie le mythe d'Orphée : alors que la légende raconte que la tête du poète fut jetée dans l'Hèbre, le peintre représente une jeune fille à l'air mélancolique et dont les vêtements font penser à l'Orient en train de méditer sur la tête d'Orphée.

« DE LA MUSIQUE ENCORE ET TOUJOURS ! »

Outre le beau, les symbolistes sont aussi particulièrement attirés par le silence et les belles musiques – peut-être par opposition au bruit des machines et du monde ? En tout cas, parce que c'est un art abstrait qui ne prétend pas cerner le réel, qui échappe au mimétisme et qui évoque des sensations multiples sans communiquer directement le monde, ils considèrent la musique comme l'art suprême. Les compositions de Richard Wagner (1813-1883), Gabriel Fauré (1845-1924), Claude Debussy (1862-1918) ou encore Maurice Ravel (1875-1937), en particulier, rencontrent un succès retentissant auprès de la génération symboliste.

À la manière de Rimbaud et surtout de Verlaine, les poètes symbolistes cherchent à introduire de la musicalité dans leurs vers, à travers un travail sur le rythme, afin d'instaurer une nouvelle harmonie entre les images et les sons. Légèreté et musique, voilà les maîtres-mots de la poésie symboliste.

> De la musique encore et toujours !
> Que ton vers soit la chose envolée
> Qu'on sent qui fuit d'une âme en allée
> Vers d'autres cieux à d'autres amours.
> (VERLAINE (Paul), extrait du poème « Art poétique », in *Jadis et Naguère*, 1884)

Sur le plan formel, la poésie est libérée des moules chers aux Parnassiens, et les symbolistes recourent souvent aux vers libres, qui ne présentent aucune structure périodique régulière (ni vers mesurés, ni rimes, ni strophes), mais qui conservent néanmoins certaines caractéristiques de la poésie comme la présence d'alinéas d'une longueur inférieure à la phrase, une mise en page laissant des blancs, des majuscules en début de ligne, des échos sonores (rimes ou assonances), etc. Aussi, pour se rapprocher encore plus de la musique, le mot d'ordre des poètes est-il de suggérer les choses. Ils délaissent alors les descriptions trop concrètes ou trop réalistes au profit d'une subtile évocation des sensations et des impressions, recourant le plus souvent à l'analogie et à la synesthésie (qui consiste à établir des équivalences entre des sensations provenant de différents sens). La poésie se trouve libérée de toute référence au réel et n'obéit ainsi qu'à sa propre logique. Il s'agit là d'une véritable révolution du langage poétique qui constitue un des apports majeurs du symbolisme à la littérature du XXe siècle.

Dans leur hiérarchie des arts, derrière la musique, les symbolistes placent la danse classique, la peinture, la poésie, le « théâtre d'art » puis, en dernier lieu, le roman. Considéré comme une simple reproduction du réel, ce genre fait l'objet de tous les dédains. On ne compte d'ailleurs que de rares romans symbolistes, dont un véritable chef-d'œuvre : *Bruges-la-morte* (1892) de Georges Rodenbach. Quant au théâtre d'art, mis en scène par Lugné-Poe (1869-1940), notamment, et parrainé par Verlaine, Mallarmé et Moréas, il est l'œuvre de poètes peu soucieux des contingences dramatiques et tend vers l'idéalisme afin de fuir la tristesse du monde. La matérialité de la mise en scène ne pouvant être qu'une entrave à la rêverie, c'est la parole elle-même qui crée le décor et, ici encore, la musique occupe une place de choix. Tout comme la poésie, le théâtre d'art, plutôt que de montrer, suggère et tend par conséquent très vite à la déréalisation, voire à la désincarnation, ce qui donne lieu à des mises en scène d'un nouveau genre. *Pelléas et Mélisande* (1893) de Maeterlinck, avec son ambiance à la frontière de l'univers magique des contes, ses personnages fantomatiques et son action peuplée de blancs et de mystères, offre au symbolisme une de ses plus belles pièces.

L'UNIVERS, UN VASTE SYMBOLE ?

Pour les symbolistes, l'univers entier est un vaste champ de symboles qu'il s'agit de déchiffrer, notamment par le biais du langage poétique. « Un symbole est l'association de deux réalités pour produire un signe nouveau : l'espérance-étoile, par exemple. Il associe souvent une image concrète à une abstraction. Il transpose l'idée en image, crée des analogies suggestives. » (DARCOS (Xavier), *Histoire de la littérature française*, Paris, Hachette, 1992, p. 331) De manière très étendue, le symbole désigne donc toute réalité visible et concrète pouvant en évoquer d'autres, invisibles et abstraites. On comprend dès lors son importance fondamentale aux yeux des poètes symbolistes qui voient là une formidable porte d'accès vers l'infini tant convoité. Ils s'appliquent alors à saisir ce que peut signifier d'autre l'objet le plus simple, à approfondir le secret des choses, à découvrir l'idée supérieure qui se cache derrière les apparences et les réalités les plus banales, par exemple une chevelure :

> Ô toison, moutonnant jusque sur l'encolure !
> Ô boucles ! Ô parfum chargé de nonchaloir !
> Extase ! Pour peupler ce soir l'alcôve obscure
> Des souvenirs dormant dans cette chevelure,
> Je la veux agiter dans l'air comme un mouchoir !
> (BAUDELAIRE (Charles), extrait du poème « La Chevelure », in *Les Fleurs du mal*, 1857)

Selon Jean Moréas, le symbolisme est un idéalisme dans le sens où le poème doit traduire les idées primordiales dont les phénomènes concrets ne sont que les manifestations extérieures et superficielles, et il doit le faire à l'aide du symbole, point de jonction entre l'idée et le monde.

Toutefois, dans les œuvres symbolistes, le symbole n'ouvre jamais sur un seul sens évident : il est riche de nombreuses interprétations. Les mots symboliques se chargent donc d'un puissant pouvoir de suggestion, d'évocation, et ouvrent sur de nombreux mondes imaginaires. Le symbole est à la fois un raccourci qui évite le détour de l'explication, une sorte de concentré du monde, et un détour par toutes les interprétations possibles et imaginables, une ouverture béante sur une kyrielle de significations. De cette manière, la poésie symboliste entend suggérer le sens mystérieux de l'univers et de l'existence, et se veut un moyen de découverte et de révélation. Son langage perd sa fonction ordinaire : il ne sert plus à raconter ni à divertir, mais à dépasser les apparences pour atteindre l'essence des choses et nous placer au cœur d'une réalité autre que celle que nous connaissons. Ainsi, les poètes symbolistes affectionnent les tournures recherchées et les termes rares, chargés d'histoire ou de connotations qui créent des réseaux entiers d'images. Au point que certains textes, notamment ceux de Mallarmé, sont relativement hermétiques. Désormais, le poète se voit affublé d'une nouvelle mission : « [Il] se fait voyant par un long, immense et raisonné dérèglement de tous les sens. » (Rimbaud (Arthur), *Lettre dite du voyant* à Paul Demeny, 1871)

Leçon d'étymologie

Le terme *symbole* vient du grec ancien *sumbolon*, qui signifie littéralement « objet qu'on jette avec un autre ». Un *sumbolon* était en réalité un objet dont deux familles grecques partageaient chacune un morceau complémentaire, ce qui leur permettait de s'identifier en les réunissant. Il s'agissait donc d'un signe de reconnaissance.

LA FEMME, ENTRE PURETÉ ET SÉDUCTION

Enfin, il reste à souligner la place prépondérante qu'occupe la femme dans l'univers symboliste. Mais pas n'importe laquelle. *Exit* le quotidien et la banalité, les poètes symbolistes s'intéressent essentiellement à la femme idéalisée ou à la femme fatale. Deux figures féminines, en particulier, hantent tout le mouvement : Ophélie et Salomé.

Dans *Hamlet* (1603) de William Shakespeare (1564-1616), Ophélie, délaissée par son fiancé, se noie dans une rivière alors qu'elle est occupée à couper des fleurs. Accident ou suicide ? Le mystère demeure, mais quoi qu'il en soit, la figure d'Ophélie est devenue un thème récurrent des arts et de la littérature. Depuis, les peintres et les poètes la représentent ou la décrivent couchée sur l'eau, entourée de fleurs.

> Sur l'onde calme et noire où dorment les étoiles
>
> La blanche Ophélia flotte comme un grand lys,
>
> Flotte très lentement, couchée en ses longs voiles...
>
> – On entend dans les bois lointains des hallalis.
>
> (RIMBAUD (Arthur), extrait du poème « Ophélie », in *Poésies*, 1869-1872)

Ophélie incarne l'idéal d'une femme belle, douce, vierge et pure, comme en témoignent ces quelques vers de Rimbaud. À l'inverse, Salomé est une femme d'origine orientale, brune ou rousse, parfumée, voluptueuse et envoûtante. Sa figure apparaît dans la *Bible* (*Évangiles* de saint Matthieu et de saint Marc). Fille de la princesse juive Hérodiade – qui fait elle aussi l'objet d'une certaine fascination chez les auteurs symbolistes, notamment chez Mallarmé qui lui consacre un poème, *Hérodiade* –, Salomé est présentée comme une dangereuse séductrice et comme une femme fatale. Selon le récit biblique, la jeune femme, en dansant voluptueusement devant le roi Hérode, obtient de lui tout ce qu'elle désire et lui demande la tête de saint Jean-Baptiste, qui s'oppose au mariage de sa mère avec le roi. Le saint est aussitôt exécuté et sa tête est apportée à Salomé sur un plateau d'argent.

Si Salomé n'est pas toujours évoquée pour elle-même, le type de la femme fatale qu'elle incarne se retrouve dans de nombreuses œuvres symbolistes, notamment dans les poèmes de Baudelaire, qui s'inspire sans doute de la *Salammbô* (1862) de Gustave Flaubert (1821-1880) – celle-ci présentant de nombreux traits de Salomé – :

> Avec ses vêtements ondoyants et nacrés,
> Même quand elle marche on croirait qu'elle danse,
> Comme ces longs serpents que les jongleurs sacrés
> Au bout de leurs bâtons agitent en cadence.
> (BAUDELAIRE (Charles), extrait du poème « Avec ses vêtements ondoyants et nacrés », in *Les Fleurs du mal*, 1857)

MILLAIS (Sir John Everett), *Ophélie*, 1851-1852, huile sur toile, 76 x 111 cm, Londres, Tate Britain.

MOREAU (Gustave), *L'Apparition*, 1876, aquarelle, 106 x 72,2 cm, Paris, musée d'Orsay. Ce tableau représente Salomé venant de danser devant Hérode qui accepte alors de lui livrer la tête de saint Jean Baptiste.

LE SYMBOLISME À L'ÉTRANGER ET DANS LES ARTS

Le symbolisme se développe dans toute l'Europe, avec des spécificités en fonction des pays (Angleterre, Italie, Suède, Danemark, etc.). Il trouve un terrain particulièrement propice en Belgique, avec des écrivains tels que Georges Rodenbach, Maurice Maeterlinck ou encore Émile Verhaeren. Mais s'il ne connaît pas de frontières géographiques, il ne se limite pas non plus à la littérature et touche tous les arts. En peinture, citons par exemple les Français Pierre Puvis de Chavannes (1824-1898) et Gustave Moreau (1826-1898), les Belges Fernand Khnopff (1858-1921) et James Ensor (1860-1949), ou encore l'Autrichien Gustav Klimt (1862-1918).

PRINCIPAUX REPRÉSENTANTS

CHARLES BAUDELAIRE, LE PRÉCURSEUR

Précurseur du symbolisme, Baudelaire est érigé en véritable modèle du mouvement. C'est avec lui que la modernité fait son apparition en poésie. Il naît à Paris en 1821 et ses premières années sont marquées par le deuil de son père, mort alors qu'il n'a que six ans. Sa mère se remarie bientôt avec un homme sévère et strict qui ne tarde pas à l'envoyer en pension. À 15 ans, le jeune Baudelaire est inscrit au célèbre lycée Louis-le-Grand. Admiratif des romantiques, il s'intéresse à la poésie d'Alphonse de Lamartine (1790-1869), de Victor Hugo (1802-1885) et de Sainte-Beuve (1804-1869), mais aussi aux textes de Théophile Gautier (1811-1872), auprès de qui il acquiert une grande maîtrise technique. Après un voyage vers les îles des côtes africaines en 1841, dont il revient empli de nouvelles images, il s'inscrit à la faculté de droit de Paris, afin d'exaucer le souhait de sa mère et son beau-père, qui rêvent de le voir ambassadeur. Mais plutôt que de suivre les cours, il se lance à corps perdu dans une existence de bohème, passant ses journées dans les bistrots et auprès des prostituées. Véritable dandy, Baudelaire aurait même été, selon la rumeur, aperçu en rue les cheveux teints en rouge et une tortue à la main !

Il commence à rédiger les poèmes qui composeront *Les Fleurs du mal* en 1844, mais le recueil n'est publié qu'en 1857 et fait grand scandale dans la société parisienne bien-pensante de l'époque. Baudelaire et ses éditeurs sont même condamnés pour outrage à la morale ! Le poète en publie alors une seconde édition modifiée et amputée de six pièces en 1861.

Grand amateur d'art, il s'attèle également à l'écriture de critiques d'art : dans le *Salon de 1845* et le *Salon de 1846*, il révèle notamment sa profonde admiration pour Eugène Delacroix (1798-1863). Mais si son activité de critique lui permet de côtoyer les plus grands génies de son temps, elle est néanmoins loin d'être rentable et Baudelaire croule sous les dettes. Mal dans sa peau et en proie au terrible spleen qu'il évoque dans ses poèmes, il use et abuse de la drogue et de l'alcool, dont il fait l'apologie dans son essai *Les Paradis artificiels*, publié en 1860. Souffrant de la syphilis, conséquence de sa vie de débauche, il voit sa santé se dégrader rapidement et meurt en 1867, âgé de seulement 46 ans. Plusieurs de ses œuvres sont publiées de manière posthume, dont *Le Spleen de Paris* (1869), un recueil de poèmes en prose.

Dédiées à Jeanne Duval, sa principale muse, *Les Fleurs du mal* sont considérées comme le chef-d'œuvre poétique de Charles Baudelaire. En plus d'être d'inspiration romantique et parnassienne tout en évitant les excès de ces deux mouvements, le recueil préfigure incontestablement le mouvement symbolisme, notamment par la célèbre théorie des correspondances que l'auteur y développe et qui aura une influence déterminante sur ses successeurs.

> La Nature est un temple où de vivants piliers
> Laissent parfois sortir de confuses paroles ;
> L'homme y passe à travers des forêts de symboles
> Qui l'observent avec des regards familiers.
> (BAUDELAIRE (Charles), extrait du poème « Correspondances », in *Les Fleurs du mal*, 1857)

Selon lui, la poésie a pour mission de saisir les mystérieuses cor-respondances qui existent entre le moi et le monde, entre les différents éléments du visible, mais aussi, et surtout entre le réel et les mystères de l'univers. Dans ses poèmes, toutes les sensations se mêlent (« les parfums, les couleurs et les sons se répondent », in « Correspondances ») pour ouvrir sur une réalité invisible et infinie, sur une surréalité. Il s'agit alors de s'arracher du concret, du fini, de la terre, pour accéder à une vérité supérieure. En véritable pionnier, Baudelaire ouvre ainsi des voies nouvelles en conférant à la poésie la fonction de symboliser.

STÉPHANE MALLARMÉ, LE MAÎTRE

Stéphane Mallarmé, qui voit le jour en 1842, perd sa mère à l'âge de cinq ans et est élevé par ses grands-parents, dans une atmosphère dévote et confinée. Dès son enfance, il lit les œuvres d'Hugo, de Sainte-Beuve et de Baudelaire, et se passionne pour Edgar Allan Poe (1809-1849). Après ses études secondaires, son goût pour les lettres s'affirme et, en 1862, il publie ses premiers poèmes.

Toutefois, faire de la poésie à ses heures perdues ne lui suffit pas : il rêve de se libérer des contingences matérielles pour pouvoir se consacrer davantage à l'écriture poétique, qui constitue pour lui une immense source de bonheur. Particulièrement doué en langues, il se rend en Angleterre, afin de parfaire son anglais, puis se tourne vers l'enseignement, devenant d'abord professeur en province, puis à Paris à partir de 1871. Il fréquente alors les Parnassiens et les symbolistes. Malgré la publication de quelques œuvres, ce n'est qu'en 1883-1884 qu'il sort de l'ombre, grâce à Verlaine, qui l'intègre à ses *Poètes maudits*, et à Joris-Karl Huysmans, qui fait de lui un des écrivains favoris du héros de *À rebours*. Mal perçu par la critique qui moque son écriture obscure, il devient pourtant l'idole des jeunes écrivains et tient chaque mardi soir un salon au 89 rue de Rome. En 1887, il publie une édition de ses *Poésies* et, l'année suivante, traduit les poèmes d'Edgar Allan Poe (écrivain américain, 1809-1849). Mis à la retraite en 1893, Mallarmé passe ses dernières années dans une maison du bord de Seine, se consacrant exclusivement à l'écriture. Il a juste le temps de publier *Un coup de dés jamais n'abolira le hasard* (1897), avant de mourir en 1898 sans pouvoir achever le manuscrit d'*Hérodiade*.

Profondément marqué par Baudelaire, Mallarmé souffre pourtant d'un mal un peu différent du spleen baudelairien : il ressent un intolérable manque métaphysique qui dégénérera en une véritable crise existentielle. Il n'a de cesse de chercher à révéler en toute transparence, par le biais du langage, à la fois l'absolu et le néant de l'être. Cela l'amène à nier son moi, qui s'efface devant les mots. Il définit la poésie comme « l'expression, par le langage humain ramené à son rythme essentiel, du sens mystérieux des aspects de l'existence : elle doue ainsi d'authenticité notre séjour et constitue la seule tâche spirituelle » (MALLARMÉ (Stéphane), *Correspondance. Lettre sur la poésie*, Paris, Gallimard, 1995, p. 572).

La poésie de Mallarmé présente l'originalité de se fonder sur une réelle philosophie du langage : jugeant que la langue à laquelle nous recourons est imparfaite, à la fois en raison du grand nombre de langages parlés et à cause de sa dimension utilitaire, il cherche, à travers ses vers, à compenser ces défauts en tentant de dire réellement l'être. Concrètement, il propose des rapprochements syntaxiques ou lexicaux inhabituels destinés à « refaire un mot total, neuf, étranger à la langue et comme incantatoire [qui] achève [l']isolement de la parole [...] en même temps que la réminiscence de l'objet nommé baigne dans une neuve atmosphère » (WARUSFEL-ONFROY (Nicole) *et alii, Histoire de la littérature française. XVIIIᵉ, XIXᵉ, XXᵉ*, Paris, Nathan, 1988, p. 248). Dans ses œuvres, point de description, tout n'est que suggestion, et c'est en cela qu'il se rattache au symbolisme. Toutefois, cela confère également à ses textes un caractère obscur qui leur a souvent valu d'être qualifiés d'hermétiques, surtout ses poèmes de la maturité, par exemple « Sainte » :

> À la fenêtre recélant
>
> Le santal vieux qui se dédore
>
> De sa viole étincelant
>
> Jadis avec flûte ou mandore.
>
> (MALLARMÉ (Stéphane), extrait du poème « Sainte », in *Poésies*, 1899)

PAUL VERLAINE, LE PRINCE DES POÈTES

Né en 1844, Paul Verlaine est perméable à de nombreuses influences littéraires, mais peu à peu, il parvient à élaborer une poésie tout en légèreté et en subtilité qui n'a rien à envier à la musique. En 1851, sa famille s'installe à Paris, où Verlaine poursuit sa scolarité avant d'entrer à l'administration de l'hôtel de ville de Paris, tout en consacrant son temps libre à la poésie et en fréquentant les milieux littéraires. Il publie ses premiers textes, les *Poèmes saturniens*, en 1866 dans *Le Parnasse contemporain*. Profondément affecté par les morts successives de son père et de sa cousine, Verlaine, fervent consommateur d'absinthe, sombre doucement dans l'alcool. En 1869, ses *Fêtes galantes* se font le reflet de ses tourments intérieurs, mais la même année, un nouvel espoir s'empare de lui sous les traits de Mathilde Mauté, dont il tombe amoureux et qu'il épouse en 1870.

Toutefois, sa participation à l'épisode révolutionnaire de la Commune (1871) et sa rencontre avec Rimbaud l'année suivante le fragilisent à nouveau. Refusant tout compromis avec les valeurs établies, les deux hommes connaissent le grand amour ensemble et sont dévastés par la passion. En juillet 1872, le couple entreprend un périple à travers l'Angleterre et la Belgique qui fournira à Verlaine les principaux ingrédients de ses *Romances sans paroles* (1874). Mais leur idylle, à cheval entre extase et souffrance, prend brutalement fin le 10 juillet 1873 à Bruxelles : Verlaine, ivre, ne peut se résigner à perdre son jeune amant et lui tire dessus dans un accès de désespoir. Heureusement, Rimbaud se remet de ses blessures, tandis que Verlaine est incarcéré pendant deux ans. Il traverse alors une profonde crise mystique qui le conduit à se convertir et dont témoigne son recueil *Sagesse* (1881). Ses dernières œuvres, cependant, traduisent son déchirement entre ses sages résolutions et son attrait pour le vice. La fin de sa vie est placée sous le signe de la déchéance, jusqu'à sa mort en 1896.

Avec Verlaine, il n'est pas ou peu question de révéler ce qui se cache derrière les apparences. Symboliste, il l'est en raison de l'union intime qu'il établit entre son moi et le décor qui l'entoure, entre les remous de son âme et le paysage environnant, comme en témoignent ces quelques vers célèbres :

> Il pleure dans mon cœur
> Comme il pleut sur la ville ;
> Quelle est cette langueur
> Qui pénètre mon cœur ?
> (VERLAINE (Paul), extrait du poème « Il pleure dans mon cœur »,
> in *Romance sans paroles*, 1874)

Ainsi, les lieux qu'il dépeint dans ses poèmes lui permettent d'exprimer des sensations toutes plus subtiles les unes que les autres, et constituent autant de symboles de son intériorité troublée. Dans les textes de Verlaine, comme dans les peintures des impressionnistes, on a affaire à une multitude d'impressions seulement suggérées. Aussi le sens des mots importe-t-il moins que leur accent et leur mélodie. Notons toutefois que s'il prône un art poétique musical et ébrèche le vers classique, il maintient toutefois le nombre et la rime, qu'il juge indispensables, et rejette le vers libre, lui préférant les mètres impairs.

ARTHUR RIMBAUD, LE POÈTE VOYANT

Né en octobre 1854 dans les Ardennes françaises, Arthur Rimbaud n'appartient pas non plus à proprement parler au groupe symboliste, mais il n'en est pas moins considéré comme une figure majeure. Élève modèle, il s'intéresse à la littérature dès son plus jeune âge, brillant dans tous les concours littéraires, bien qu'il cultive également très tôt le goût de la révolte : à 16 ans, le jeune prodigue a déjà fugué deux fois. C'est que son talent précoce, sans cesse vanté, lui donne des envies de grands espaces. Ainsi, en 1871, il quitte la campagne pour Paris, son célèbre poème « Le Bateau ivre » sous le bras. Il y connaît une vie dissolue et fréquente assidûment les bars jusqu'à sa rencontre avec Verlaine, déjà marié et père de famille. Ce dernier est par ailleurs un véritable tremplin pour l'adolescent qu'il met en contact avec les grandes figures littéraires du temps, toutes impressionnées par le talent du jeune homme. En juillet 1873, lorsque Verlaine lui tire dessus, Rimbaud est dévasté. Il enchaîne alors l'écriture de deux recueils qui connaîtront un succès retentissant : *Une saison en enfer* (1873), à caractère autobiographique, et *Les Illuminations* (1875), qui explorent de nouvelles voies poétiques où l'art de la suggestion règne en maître. C'est âgé de seulement 21 ans que l'auteur renonce à l'écriture pour embrasser une carrière dans l'armée des Indes néerlandaises, menant une existence hasardeuse de marchand et de trafiquant avant de mourir en 1891 à cause d'une tumeur au genou. Rapidement, le mythe Arthur Rimbaud voit le jour.

Reprenant à son compte l'exigence baudelairienne d'être « absolument moderne », Rimbaud se révèle pourtant très différent de son aîné : tandis que Baudelaire s'épuise dans une vaine quête d'idéal, Rimbaud s'obstine quant à lui dans l'errance, la colère et la révolte. Après des premiers poèmes entre dénonciation du monde et transgression des codes moraux, l'écrivain prend conscience que la poésie doit être une révolution de l'être tout entier. Il confère alors au poète un tout nouveau rôle : celui de voyant chargé de révéler au commun des mortels les secrets de l'univers par « un long, immense et raisonné dérèglement de tous les sens » qui n'est pas sans faire écho aux correspondances baudelairiennes. Afin de trouver « le lieu et la formule » pour se libérer de toutes les aliénations, il lui faut renoncer non seulement au monde, mais également à lui-même. « Je doit se faire autre », dit-il dans une formule restée célèbre. Ses *Illuminations*, qui constituent l'aboutissement de sa quête poétique, mêlent visions, sensations, impressions, rêves et souvenirs dans un tourbillon halluciné d'images et de sons :

> J'ai embrassé l'aube d'été. Rien ne bougeait encore au front des palais. L'eau était morte. Les camps d'ombres ne quittaient pas la route du bois. J'ai marché, réveillant les haleines vives et tièdes, et les pierreries regardèrent, et les ailes se levèrent sans bruit. (RIMBAUD (Arthur), extrait du poème « Aube », in *Illuminations*, 1875)

MAURICE MAETERLINCK, LE MAÎTRE DU DRAME

Maurice Maeterlinck est né en 1862 dans un milieu bourgeois et catholique, à Gand, en Belgique, où le symbolisme a connu un développement important. Il fait ses études dans le célèbre collège Sainte-Barbe, où il reçoit un enseignement jésuite considéré, à l'époque, comme le meilleur qui soit et réputé pour la qualité de sa formation littéraire. Très tôt, Maeterlinck s'intéresse à la poésie et échange ses vers avec son ami, Charles Van Lerberghe (1861-1907), lui aussi auteur. S'il entame ensuite des études de droit, son objectif est cependant d'embrasser une carrière littéraire. Refusé au barreau, il peut s'adonner pleinement à sa passion et ses premiers poèmes paraissent dans *La Jeune Belgique* dès 1885. Publié en 1889, son premier recueil, *Les Serres chaudes*, écrit en partie en vers libres et peuplé d'images insolites, inspirera de nombreux poètes par la suite. L'écrivain Georges Rodenbach voit en lui un jeune symboliste prometteur. Maeterlinck s'exile alors un temps à Paris afin de fréquenter les symbolistes français, dont Mallarmé et d'autres avant-gardistes de l'époque.

Mais c'est au théâtre qu'appartient son premier chef-d'œuvre, *La Princesse Maleine*, publié en 1889 et vanté par le critique Octave Mirbeau (1848-1917). Le talent du jeune homme est bientôt considéré par d'aucuns comme équivalent à celui de Shakespeare ! Maeterlinck, comprenant très vite que le symbolisme n'a pas encore investi le théâtre, tente de créer une mise en scène théâtrale propre au mouvement. D'autres pièces voient le jour, telles que *L'Intruse* (1890) ou *Les Sept Princesses* (1891), entre autres, mais surtout *Pelléas et Mélisande* (1892), qui signe la consécration de l'écrivain et hisse le théâtre symboliste sur un piédestal. Histoire tragique d'amour et de jalousie, ce drame d'un nouveau genre, écrit dans un style hautement poétique et où tout n'est que suggestion, met en scène, dans une intrigue peuplée de blancs et de vides mystérieux, des personnages passifs et immobiles ouverts à l'inconnu et soumis à des forces invisibles et fatales. Tragédie du destin, *Pelléas et Mélisande* se situe à l'exact opposé de l'esthétique réaliste et fait profondément écho aux aspirations mystiques des symbolistes, de même que l'ensemble de l'œuvre de Maeterlinck. En 1902, Claude Debussy en tirera un drame lyrique en cinq actes mondialement connu.

Après de nombreux autres écrits (pièces, essais, traités sur les fleurs ou les abeilles, etc.), Maeterlinck donne encore au symbolisme une de ses plus belles illustrations, *L'Oiseau bleu*, une pièce écrite en 1906 mais publiée en 1909 qui connaîtra plusieurs adaptations cinématographiques. Son œuvre est récompensée en 1911 du prix Nobel. S'il ne s'agit pas là de la fin de sa carrière littéraire – il publie encore de nombreuses œuvres –, ses grands chefs-d'œuvre sont désormais derrière lui. Après un bref exil aux États-Unis durant la Seconde Guerre mondiale, Maeterlinck rentre en France en 1947 et décède en 1949 à son domicile, la superbe villa Orlamonde, un ancien hôtel de luxe situé au cap de Nice.

RÉPERCUSSIONS

Dès 1885, des dissensions apparaissent au sein du groupe symboliste et ses membres prennent peu à peu leurs distances avec le mouvement. Lorsque le symbolisme prend fin, les artistes et les écrivains belges et français sont obligés de se reconvertir. À la mort de Stéphane Mallarmé, en 1898, les auteurs français deviennent complètement réfractaires à la littérature symboliste, au point que l'on rentre dans une période clairement anti-symboliste. Ainsi, la seconde génération symboliste, notamment Remy de Gourmont (1858-1915), Marcel Schwob (1867-1905), Paul Claudel (1868-1955), André Gide (1869-1951) ou encore Paul Valéry (1871-1945), s'écarte du mouvement pour explorer d'autres voies. De leur côté, les symbolistes belges se réorientent plus aisément. Émile Verhaeren poursuit la poésie, tout en adoptant des tonalités plus positives, loin des images de solitude ou de deuil qu'il exploitait auparavant, tandis que Maeterlinck se tourne vers les essais et rencontre un grand succès avec *La Vie des abeilles* (1901).

Toutefois, bien que la littérature symboliste s'essouffle au début du XXᵉ siècle, le mouvement perdure dans d'autres arts tels que la peinture, l'architecture ou encore la sculpture, sous l'appellation d'Art nouveau, qui cherche à allier la beauté à l'utilité. En littérature, le symbolisme laisse place à d'autres courants et d'autres genres tels que le néo-romantisme, grâce au *Cyrano de Bergerac* (1897) d'Edmond Rostand (1868-1918), le roman idéaliste et mystique pratiqué par Joris-Karl Huysmans, le dadaïsme de Tristan Tzara (1896-1963), mais aussi et surtout le surréalisme, dont le chef de file est André Breton (1896-1966). Mouvement littéraire et artistique majeur de la première moitié du XXᵉ siècle, le surréalisme se situe dans le sillage du symbolisme par de nombreux aspects. Influencé par la découverte récente de l'inconscient par Sigmund Freud (1856-1939), il accorde une place prépondérante au rêve et à l'imagination, à l'instar des écrivains du mouvement symboliste.

EN RÉSUMÉ

- Le symbolisme se développe en France et en Belgique entre 1880 et 1890. Ses principaux représentants sont les Français Baudelaire, Mallarmé, Verlaine et Rimbaud, bien qu'ils précèdent ou soient restés en marge du mouvement, et les Belges Rodenbach, Verhaeren et Maeterlinck.

- Il naît en réaction au formalisme parnassien et au naturalisme, avatar littéraire de la doctrine positiviste. Mal dans leur peau et seuls dans un monde qu'ils ne comprennent pas et dont ils se sentent incompris, les symbolistes font parfois preuve d'un profond pessimisme. Les thèmes de la mort, de la mélancolie ou encore du désenchantement sont légion dans leurs œuvres.

- Pour échapper à la laideur du monde, ils se réfugient dans le beau, le rêve et l'ailleurs. L'Orient et les thèmes exotiques connaissent un important succès, de même que le mysticisme. Les symbolistes, animés d'un puissant désir de communier avec l'infini, se tournent volontiers vers les religions et la mythologie.

- Les écrivains symbolistes s'illustrent essentiellement en poésie, dans laquelle ils tentent d'introduire légèreté et musique – la musique constituant selon eux l'art suprême. Ils recourent alors aux vers libres et délaissent les descriptions trop concrètes ou trop réalistes au profit d'une subtile évocation des sensations et des impressions. De cette manière, ils opèrent un véritable renouvellement du langage poétique.

- Le théâtre symboliste connaît également de beaux jours. Il est l'œuvre de poètes peu soucieux des contingences dramatiques et tend vers l'idéalisme. Tout comme la poésie, le théâtre symboliste, plutôt que de montrer, suggère et tend par conséquent très vite à la déréalisation, voire à la désincarnation.

- Enfin, le symbolisme repose en quelque sorte sur un fondement métaphysique : selon les poètes du mouvement, l'univers entier est un vaste champ de symboles qu'il s'agit de déchiffrer par le biais du langage poétique. Ils s'appliquent alors à saisir ce que peut signifier d'autre l'objet le plus simple, à approfondir le secret des choses, à découvrir l'idée supérieure qui se cache derrière les apparences et les réalités les plus banales. Désormais, le poète se voit affublé d'une nouvelle mission : « il se fait voyant », selon l'expression de Rimbaud.

POUR ALLER PLUS LOIN

SOURCES BIBLIOGRAPHIQUES

- ALBRECHT (Florent), *Ut musica poesis : modèle musical et enjeux poétiques de Baudelaire à Mallarmé. 1857-1897*, Paris, Honoré Champion, 2012.
- ARON (Paul), SAINT-JACQUES (Denis) et VIALA (Alain), *Le Dictionnaire du littéraire*, Paris, PUF, 2002.
- « Arthur Rimbaud », in *Larousse*, consulté le 23/02/2015. http://www.larousse.fr/encyclopedie/personnage/Arthur_Rimbaud/141035
- « Charles Baudelaire », in *Larousse*, consulté le 23/02/2015. http://www.larousse.fr/encyclopedie/personnage/Charles_Baudelaire/107873
- CLÉMENT (Élisabeth) *et alii*, *La Philosophie de A à Z*, Paris, Hatier, 2000.
- DARCOS (Xavier), *Histoire de la littérature française*, Paris, Hachette, 1992.
- DESSONS (Gérard), *Maeterlinck, le théâtre du poème*, Paris, L. Teper, 2005.
- DIDIER (Sophie) et GARCIN (Étienne), *Le Symbolisme*, Paris, Ellipses, 2000.
- GENGOUX (Jacques), *La Symbolique de Rimbaud. Ses systèmes, ses sources*, Paris, la Colombe, 1947.
- GORCEIX (Paul), *Littérature francophone de Belgique et de Suisse*, Paris, Ellipses, 2000.
- ILLOUZ (Jean-Nicolas), *Le Symbolisme*, Paris, Le Livre de poche, 2004.
- LÉOUTRE (Gilbert), *Baudelaire et le Symbolisme*, Paris, Masson, 1970.
- « Le symbolisme », in *Larousse*, consulté le 23/02/2015. http://www.larousse.fr/encyclopedie/divers/symbolisme/95238

- « Le symbolisme », in *Encyclopaedia universalis*, consulté le 23/02/2015.
  http://www.universalis.fr/encyclopedie/symbolisme-litterature/
- MALLARMÉ (Stéphane), *Correspondance. Lettre sur la poésie*, Paris, Gallimard, 1995.
- MARCHAL (Bertrand), *Le Symbolisme*, Paris, Armand Colin, 2001.
- « Maurice Maeterlinck », in *Larousse*, consulté le 23/02/2015.
  http://www.larousse.fr/encyclopedie/litterature/Maeterlinck/175034
- MICHA (Alexandre), *Verlaine et les Poètes symbolistes*, Paris, Larousse, 1943.
- NICOLAS (Henry), *Mallarmé et le Symbolisme*, Paris, Larousse, 1963.
- « Paul Verlaine », in *Larousse*, consulté le 23/02/2015.
  http://www.larousse.fr/encyclopedie/personnage/Paul_Verlaine/148617
- POIZAT (Alfred), *Le Symbolisme. De Baudelaire à Claudel*, Paris, La Renaissance du livre, 1919.
- PUZIN (Claude), *Le Symbolisme*, Paris, Nathan, 2002.
- RAPETTI (Rodolphe), *Le Symbolisme*, Paris, Flammarion, 2007.
- RÉMOND (René), *Le XIXᵉ siècle. 1815-1914. Introduction à l'histoire de notre temps*, tome 2, Paris, Seuil, 1974.
- « Stéphane Mallarmé », in *Larousse*, consulté le 23/02/2015.
  http://www.larousse.fr/encyclopedie/personnage/St%C3%A9phane_Mallarm%C3%A9/131354
- WARUSFEL-ONFROY (Nicole) *et alii*, *Histoire de la littérature française. XVIIIᵉ, XIXᵉ, XXᵉ*, Paris, Nathan, 1988.

SOURCES ICONOGRAPHIQUES

- MILLAIS (Sir John Everett), *Ophélie*, 1851-1852, huile sur toile, 76 x 111 cm, Londres, Tate Britain. La photo reproduite est réputée libre de droits.

- MOREAU (Gustave), *La Chimère*, 1867, huile sur toile, collection privée. La photo reproduite est réputée libre de droits.
- MOREAU (Gustave), *L'Apparition*, 1876, aquarelle, 106 x 72,2 cm, Paris, musée d'Orsay. La photo reproduite est réputée libre de droits.
- MOREAU (Gustave), *Orphée*, 1865, huile sur toile, 99,5 x 155 cm, Paris, musée d'Orsay. La photo reproduite est réputée libre de droits.

www.50minutes.com

Éditeur responsable : Lemaitre Publishing
Rue Lemaitre 6 | BE-5000 Namur
info@lemaitre-editions.com

ISBN ebook : 978-2-8062-6215-8
ISBN papier : 978-2-8062-6216-5
Dépôt légal : D/2015/12603/38
Photo de couverture : © *La Chimère* (1867), par Gustave Moreau.

Conception numérique : Primento,
le partenaire numérique des éditeurs